春よめぐれ

安水稔和詩集

ノア詩文庫

『春よ　めぐれ』　目次

1 五十年目の戦争

2 今も揺れ

3　風のうた

装幀　森本良成
カバー装画　岡　芙三子
写真　著　者

1　五十年目の戦争

神戸　五十年目の戦争

目のなかを燃えつづける炎。
とどめようもなく広がる炎。
炎炎炎炎炎炎炎。
また炎さらに炎。

目のまえに広がる焼け跡。
ときどき噴きあがる火柱。
くすぶる。

異臭漂う。
瓦礫《がれき》に立つダンボール片。
崩れた門柱の張り紙。
倒れた壁のマジックの文字。
みな無事です　連絡先は……。

木片の墓標。
この下にいます。
墓標もなく。
この下にいます。

これが神戸なのか。

これが長田のまちなのかこれが。
これはいつか見たまちではないか。
一度見て見捨てたまちではないか。

（あれからわたしたちは
なにをしてきたのか。
信じたものはなにか。
なにをわたしたちはつくりだそうとしてきたのか。）

一九九五年一月十七日
午前五時四十六分。
わたしたちのまちを襲った
五十年目の戦争。

壊滅したまち。
眼前のこのまちに
どんなまちの姿を重ねあわせればいいのか。
これから。

神戸のまち長田のまち
生きて愛するわたしたちのまち。
生きて愛するわたしたち
ここを離れず。

焼け残った山茶花のかげにきく
鳥の声。

倒れた軒の下の砕けた植木鉢に開く
水仙の花群。

裏の避難所から帰ってくる子どもたちの
かんだかい声を
こぼれる笑顔を
現《うつつ》に。

1995年１月17日、燃える長田の町、迫る炎。著者自宅から。

人の声かしら

人の声かしら。
ほそぼそときこえるあれは。

きこえている。
きこえなくなる。

まだきこえている。
あれは。

起きて

もう起きれば。
起きてもいいんじゃない。
でも起きられない。
立ちあがれない。
だから起きて。
おねがいだから起きて。

くやしい

崩れた屋根のしたの
倒れた壁のなかの
折れた梁《はり》のあいだの
噴きあがる炎のむこうの

人の顔の
人の髪の毛の
人の手の

手の指の先の
あたたかさ
なつかしさ
いとおしさ
くやしさ。

人の形の
くやしさ。
人の
くやしさ。

くやしい

砕けた瓦礫に
そっと置かれた
花の
くやしさ。

木のように

木のように立ちつくす人。
ここに　このしたに　とつぶやく人。
顔をおおってしゃがみこむ人。
のろのろ歩きはじめる人。

木の根は

黒焦げの
棒になった
木の根はどうするのかなあ。
これから。

焼け跡の焼け焦げた木。

一本の木の

一本の木の半分が焼け焦げて
焼け焦げた街を見ている。

同じ木の半分は焼け残って
倒壊した街を見ている。

焦げた黒い葉叢《はむら》をこすりあわせて
生々しいみどりの葉叢をふるわせて。

激しくいのちのにおう街に
動かず立っている。

＊神戸市長田区の大黒公園。あのとき公園の木は水の壁となり火を止めた。

きしむ

焼けた水。
焦げた風。
垂れ下がった電線。

ひび割れて。
傾いて。
揺れる足もと。

きしむような。
奇妙な違和感。
嘔吐。

不意にきしむ。
またきしむ。
不意にまた。

ここ

わずかな物音。
ここです
ここ。

かぼそい声のような。
ここにいます
ここに。

ここそこ

ここそこは
まだつづいているの。
ここそこは
もう切れてしまったの。
どうして切れてしまったの。
どうしても　もう　つながらないの。

すべてうつつ

これがうつつなら
あれはまぼろし。
これがまぼろしなら
あれはうつつ。

いや
そうじゃない。
あれもうつつ

これもうつつ。
踏みこめばうつつ。
すべてうつつ。

たしかに傷

左膝に
痣《あざ》を見つける。
右肘にも。

いつどこで。
わからないが
たしかに傷。

体だけでなくて
こころも
かな。

泣く

ここにいる人は
一度は泣いている。

あのとき
すぐに。

あのあと
ずいぶんたって。

このあと
いつか不意に。

花なんか

花なんかと
おもっていましたが
お花っていいですね
きれいですねと言う人。

木だろうか

木だろうか
木のうえに
人だろうか
人が座っている。

木だろうか
木のよこを
人だろうか
人が歩いている。

会いたいなあ

いのちの焦げるにおいの漂う街で。
いのちの記憶の引きちぎられた街で。
あの木はどうしているかなあ。
街のあちこちのあの木は。
あのけやきは。
あのいちょうは。

あのはぜのきは。
あのはなみずきは。

会いたいなあ
あの木に。

それからあの人に。
あの人にも。

燃えた町、焼けた木。

2　今も揺れ

今も揺れ

長田　五月

焼けた並木
新芽がまぶしい。
取り壊された家の跡に
白い花が溢れている。

手をつないで
立っている。
走っていって

駆け戻る。

おおっていたものがはがれて
かくれていたものがあらわになって。
あらわれたものはあらわれたまま
あらわれたままに。

こわれた日常が
かえってくる。
ちぐはぐに
すこしずつかえってくる。

わたしたちの街

粉塵の街。
今も揺れ
わたしたち揺れながら。

燃えた家々、焼けた車。

突然

長田　六月

傾いてはいたが
立っていた家が夜半傾き。
ガラスの割れる音がして
柱の折れる音がして
突然崩れ落ちた。

壁は落ちていたが
立っていた家から白昼白煙。

爆ぜる音がして
噴き出して
突然焼け落ちた。

ない家のまえに
立ちすくんでいた人が
ある日
突然。

やっと

長田　六月

咳ばらい。
物音。
ひとりみたい。
食べてるかしら。

訪ねてきた人がすぐ帰った。
窓も戸も閉じたまま。
お出かけかな。

行く先はあるのかなあ。
しばらく経ってやっと
いるとわかった。
ひとり息絶えて
いるとわかった。

おかしい

いま
気がついたんやけど
あれはおかしい。
どう見ても
傾いてる。
どう考えても
揺れてる。
そうおもわんか。

あれはおかしい。
やっぱりおかしい。

ほんまに

無事でよかった。
生きててよかった。
いのちがあっただけもうけもんや。
ほんまにそうおもた。

あのとき死んでたらよかった。
なんでわたしだけ助かったん。
なんでこんなに苦しまなあかんの。
ほんまにそうおもう。

次の朝

雨が激しく降った次の朝。
山が近くなる。
なくなった町が見える。
風が強く吹いた次の朝。
空が深くなる。
人の声がよくひびく。

今も

目が覚めて
五時四十六分の
五分前やとか
十分過ぎやとか言っている。

すぐ履いて
逃げ出せるように
スリッパの先は

出口に向けて脱いでいる。
タイルの割れた風呂に
平気で入っている。
壁のひび割れを
なんとなく見入っている。

いつまでも

揺れるこころは
いつまで揺れる。
揺れるからだは
いつまで揺れる。

焼け跡に残った鉄の階段。

いまは

芽を吹いて
葉を茂らせて。

こぼれんばかりに
白い花を咲かせて。

こぼれんばかりに
黒い実をつけて。

土一面にこぼしたであろう木は
いま。

さくら

見たくないと言う人がいる。
見たいなあと言う人がいる。

さいたさいた
さくらがさいたと小声でうたう人がいる。

しろくしろく
しろくさいたと涙をにじませる人がいる。

光る芽が

焦げた幹の割れ目から
おずおずと
黄みどりが
のぞいて。

焦げた幹の根もとから
われさきにと
押し包むように
のびあがって。

ひこばえが

倒れて
切られた
木の株から
身をのりだして。

夕日を浴びて
やさしい時間の
影がのびて。

目を細めて

覆っていたものがなくなり
久しぶりに日の当たる土地に。
えのころぐさが揺れている
えのころぐさが光っている。

目を細めて
強い日ざしを見詰める人がいる。

花かしら

縮れた葉叢《はむら》のむこうで
煤けた空のその奥で。

影が舞っている
たくさんの白い影が。

ひらひらひらと
花かしら。

きらきらきらと
花かしら　あれは。
記憶のように
舞っている。

一度も

ここを離れようと
一度も思ったことなかった。
ここを離れようなんて
一度も思ったことなかったのに。

帰りたい。
すぐに。

でもいつ帰れるのかしら。
帰れるかしら。

どうして

なんとか
無事だったのに。
なんとか
生きてたのに。

なんとか
立てたのに。
なんとかやっと

笑えたのに。
どうして。
どうしてなの。
今になって。
今さら。

震える

木の花を
見るともなく
見ていると。

たくさん咲いていて
きれいに咲いていて
花のむこうから。

体の芯が
震えてくる。

なぜ

あんなにいそいで
いっせいに芽を出して
茂るだけ茂ったのは。
なぜ。

きんいろにかがやいて
足もといちめんに
散りしく季節になって。

なぜ。

そのまま
くすんだみどりいろのまま
皺よって縮んで
枝にしがみついているのは。

しがみついたまま
風に鳴っているのは。

火のかたち

遠く燃え。あからさまに燃えあがり。鳥を包み木を包み。水草を魚を湖を包みこみ。こちらへこちらへと。すべて火。火でないものはない。火が。

ひっそりと気づかれず。目にもとまらず。鳥の目にも魚の目にも虫の目にもとまらず。なんだろうあれは。火だろうか。火だ。まぎれもなく火が。

透きとおる葉のよう。子どもの手のよう。いのちの癒しの祈りのことばのよう。わたしのなかに火が。あなたのなかに火が。わたしたちの火が。

焼け跡の供花。

3 風のうた

神戸　これから

ふたたびの冬に

引きちぎられた記憶
埋もれた記憶
あらわになった記憶。
あの日からはじまった
五十年目の戦後。
時の網目のむこうでいのちが揺れる。

焼け残ったまちに雪がちらつき

崩れたまちに雨が降りつづき。
焦げた木のくやしさ
濡れた土のかなしさ。
傷ついたひとのことばのやさしさ
生きている一日のうれしさ。

やがて炎天　粉塵　絞る汗。
あのひとのことこのひとのこと思い出して
声もなく泣いたこの一年。
ふたたびの凍てついた白い空。
あのことをこのことを考えあぐねては
声をあげて歩きまわったこの一年。

（どんな姿をしていたのか
わたしたちはこれまで。
どんな姿でいられるのか
わたしたちはこれから。
どんな姿でいたいのか
わたしたちはこれからも。）

一月十七日午前五時四十六分
けっして忘れない。
ふたたびの戦後
はじまったばかり。
なお生きつづけるわたしたち
なお愛しつづけるわたしたち。

もうすぐ春が
花よ鳥よ魚よひとよ。
いのち輝け
けっして忘れない。
春よめぐれ
はじまったばかり。

見える

角を曲がると
闇のむこうに
闇のかたまりが見える。
天から落ちてきたかたまりが。

肩口のあたりが裂けているのが
夜目にもはっきり見える。

きこえる

闇の更地からきこえてくる。
夏のころからかしら。

冬のあいだもずっと。
春になっても。

風鈴だなんて。
いつまで鳴っているのかしら。

春冷え

あのあといっせいに咲いた花が
今年はわずかしか咲かない。
あのあとやって来た鳥たちが
今年はとうとう来なかった。
元気だったあの人が。
あの人も。

このごろ

暖をとるために一口飲んだ。
味がなかった。

しばらくは
飲むのをやめた。

このごろ飲んでいる。
飲まずにはいられない。

痛い

温度差ということばが
かなしい。
想像力ということばが
つらい。
ふたたびの春が
痛い。

折れて飛んだ鳥居の残った基部。長田神社参道。

揺れる

覚えていたくないこと
覚えていないこと
いろいろあって。

忘れたいこと
忘れてしまったこと
たくさんあって。

時の網目のむこうで揺れている。
いのちの細部が揺れている。

生きているということ

ふたたびの夏に

鳥影が横切る
葉叢《はむら》がざわめく。
足もとに広がる焼けた土
どこかで水のしたたる気配。

すべてはこの世界の出来事です
そんな声がきこえてくる。
すべてこの体に起こったことは

これからも起こるのでしょうか。

光のなか
こぼれる言葉　散る言葉
おもいきって拾って口にすると。

草ばかりの空地のむこうから
なつかしいあなたが歩いてくる
つらい夢のようにゆっくりと。

風のうた

落ちる鳥のために。悲しむ犬のために。泣く魚のために。燃える草のために。ゆっくりと開く花のために。光る時間のまんなかで。いつも。

遠くのひとのために。声をなくしたひとのために。微笑むひとのために。身をわずかに揺るひとのために。光る時間のまんなかで。いつまでも。

手をあげるひとのために。声あげるひとのために。歩きだすひとのために。目のまえのひとのために。今。光る時間のまんなかで。思いをつくして。

子どもたち。

4 木のねがい

神戸　今も

みたびの冬に

あの日地面が動いた。
動いたのはもちろん
地面だけではない。
裂けたことば
砕けたことば
今もくやしいことば。

あの年は木の花がいっせいに開き

鳥たちが次々とやってきたが。
次の年には木の花もわずか
鳥たちは姿を見せなかった。
乾いた土と枯れる木と
還らぬ人と。

かわったものがあり
かわらぬものがあり。
もとにもどったものがあり
もどりようもないものがあり。
今日もそっと置かれる水と花
しゃがみこむ人の背。

生きています
生きていますが
生きていけるでしょうか。
痛みます
痛みつづけるでしょうが
わたしたち生きつづけます。

溢れる水よ花よ
群なして飛ぶ鳥よ
還ってくるひとよ。
はじまることば
光ることば
巡ることば。

焼けたイチョウ。黒焦げの肌と、盛り上がったカルス（癒傷組織）と、裸の芯と。

二年

もう二年経った。
まだ二年しか経っていない。

それはもう過去のこと
もう済んだこと。

まだ続いている
まだ終わっていない。

もうとまだ。
どんどん拡がっていく。

考える

なにが変わったのか。
変わるしかなかったものは。
なにが変わらないのか。
変わりようのないものは。

これまでになにが。
このさきなにが。

突然

突然。
涙が流れる。
揺れた体。
揺れる涙ぶくろ。

木の下

燃えて燃えて焼けて焼けて焦げて焦げて枯れて
ふしぎに芽ぶいて葉を茂らせて葉を落として
また芽ぶいてまた茂ってまた葉を落として
また。

芽ぶきはじめた木の下を
人が歩いていく。
春の日ざしのなかを
生き残った人が歩いていく。

花が

人が亡くなった
証しのように。
花が
置いてある。

灯が

旧避難所十二カ所
七十三世帯百五十五人。*

待機所五カ所
二十六世帯四十三人。*

旧という字が目を刺す。
待機という言葉が胸につかえる。

（なにが新しくなったというのか。
なにをどのように待機するというのか。）

その前を通る。
灯がついている。

＊一九九七年三月二十九日付の朝日新聞から。

今も

話したい。
話したくない。
今も。
聞きたい。
聞きたくない。
今も。

黙りこむ人。
突然話し出す人。
なにごともなかったように微笑んでいる人。

本当は

あのとき死んだ人たちのことを考える。
あの人たちは死ぬべくして死んだのだろうか。
本当は死ななくてもよかったのではないか。

あのあと死んだ人たちのことを考える。
あの人たちは死ぬべくして死んだのだろうか。
本当は死ななくてもよかったのではないか。

これから死ぬかもしれない人たちのことを考える。
その人たちは
本当は。

これは

これはいつかあったこと。
これはいつかあること。

だからよく記憶すること。
だから繰り返し記憶すること。

このさき
わたしたちが生きのびるために。

＊明石市明石公園にある阪神・淡路大震災碑に詩「これは」が刻まれている。一九九八年四月二十二日建立。

明石公園の震災碑。

でも

忘れられないことばかり。
でも。
忘れないといけないことばかり。
でも。
忘れかけているんです。
わたし。

忘れられかけているんです。
わたしたち。

そのまま

カーテンの裏の壁に
天井から床まで
亀裂が走っている。

あるとわかっている。
あるとわかっていて
そのまま。

焼けたイチョウの木に若葉が萌える。

今

長田　子ども

遊び友だちを亡くした子。
けんか相手を亡くした子。
口やかましい近所のおばさんを亡くした子。
かわいがっていた犬を亡くした子。

生き埋めになった子。
自分は助かった子。
声を出せない子。

とりとめなくしゃべる子。
お母さんを亡くした子。
お父さんを亡くした子。
兄さんを亡くした子。
妹を亡くした子。

子どものことを考える。
今。

今日も

長田　子ども

今日も自転車で
町を走る。
サクラが散って
ハナミズキの花が開いて。

公園の焦げた木が
今は若葉。
幼い子を抱いた人が

通りかかる。
大きな丸い目が
じっと見る
このさき。
風光る。

君たちの笑顔とともに

神戸　子ども

片言
しかめっ面。
口をとがらせて
目を見ひらいて。
指さす指の先
あっ　あ　あ。

両手を広げてつかまえて
つかまえてほうりあげると。

土の声が舞いあがる
草のことばが振ってくる。
つながりつづく願いのように
消えることのない祈りのように。

飛ぶ魚
泳ぐ鳥。
走る木
話す花。
わたしたちでないわたしたち
君たちでしかない君たち。

君たちのなかにすべてがあると言ったことがある

それはこういうことだ。
君たちのなかにわたしたちもいる
わたしたちのこれまでが　これからがある。
君たちは君たち
わたしたちも君たち。

沈む空　割れる空
燃える木　枯れる木。
遠い水　見えない芽
揺れてこぼれる花の記憶。
ほかならぬこの世界で
いまここに立つ君たち。

君たちといっしょなら
生きていける。
君たちといっしょに
生きたいとおもう。
君たちの笑顔とともに
ほかならぬこの世界で今。

＊神戸新聞一九九八年一月一日の第三朝刊の第一面には「3年の歩み・生きるあかし／ぼくら3歳1月17日生まれ」と題して写真と詩が掲載されている。紙面の上半分に港をバックに六組の親子の元気な写真。五人がお父さんに肩ぐるま、一人がお母さんにだっこ。「95年1月17日。阪神・淡路大震災の日、生まれた子供たちはまもなく3歳を迎える。復興とともにあった成長のあゆみ。6家族が神戸・ポートアイランドに集まった。この笑顔をいつまでも、と願いながら。」紙面の下半分に詩「君たちの笑顔とともに」が。

木のねがい

ここに帰ってくる。あった木。ない木。見えない木。見えてくる木。花が帰る。葉が帰る。鳥が帰る。人の視線も。人の記憶も。人もまた。

ここに座る。となりの梢が見える。むこうの梢が。ずっとむこうの梢まではっきりと。その一つ一つが人のように見える。人の声のように。

ここから手を振る。風に揺れる枝。光にしなう幹。流れだす水。声もなく噴き上げる。声あげてしたたる。ひとのいのち。いのちのしずく。

観音山の満開のヤマザクラ。

5　光のいのち

神戸

これはわたしたちみんなのこと

端から崩れて
残った焦げ跡。
平たい今日へ
傾《かし》いで今日も。
空を裂いて低く飛ぶ鳥
町なかに硬く開く白い花。

見えなかったので

やっと釣り合っていたこころ。
すこし見えはじめて
すこしは元気になって。
見えているのに
いつまでも届かないことば。

これはわたしだけのこと
いいえわたしたちのこと。
これはあなただけのこと
いいえわたしたちみんなのこと。
これはあったことで
いつかあること。

流れた血のために
刻まれた傷のために
あたたかい手の記憶のために。
つらい歌そっと
そっと繰り返し
繰り返し笑顔で。

更地を覆う花。

春が

木の肌が心なしか
やわらかく光り。
繰り返す記憶と切れ切れの予感
土と火と木と花の。

暖かい日ざしの
鳥の影さす草のうえ。
両手を振りまわして

声あげて跳びはねたい。

いなくなったニャーニャ
なくなったあの人
みんないっしょに。

水の音がしている。
あれはいのちの気配かしら。
残酷な春がまたやってくる。

今も

たえまなく
落ちる水滴。
すこしずつ
動く砂粒。

かくれていたものが
あらわれる。
気づかなかったことに

気づく。
吹き抜けて
消える風。
わずかに震える
草の葉の先。

だまって
立っている人がいる。
だまったまま
じっと見詰める人がいる。

今日も

話していて
ふっと表情が硬くなる。
笑っていて
急に笑いが止まる。

倒れる壁。
迫る炎。
燃える木。

降る灰。

見えない体。
聞こえない声。
眼の前の土が崩れて。
焼けた土のにおい。

しばらくして。
やっと　言葉が
なんとか　ほほえみが
戻ってくるが。

川岸で

水場へ降りる
石段をつくっている。
水場へ降りようにも
降りられなかった。
一日一晩
燃えつづけ。

次の日も次の日も
くすぶりつづけ。

水を汲み上げようにも
汲み上げられなかった。

水を汲み上げる
石段をつくっている。

わずかの水が

日影が揺れる。
わずかの水が光る。
降りていって
この手をひたしたい。

風が光る。
わずかの水が動く。
降りていって

この身をひたしたい。
揺れた心
抱きしめて。
わずかの水に
ひたしたい。

あれから　季節が

あれから
季節がなくなって。
あるとすれば
それは冬かしら。
冬のつぎは夏で
夏のつぎは冬ということ。

灼ける冬は

粗い土の道。
石の階段
木の梯子。
わたしたちひとりひとりの
息づかい。

震える夏は
揺れる水の辺。
草の階段
光の梯子。
いなくなったひとの
やわらかい声が聞こえる。

たかとりやま
ながたのもり
かるもがわ
いけだまち。

更地を覆う草。

更地

一年目。
焼けた地肌を
横へ草が這った。
二年目。
膝まで腰まで胸まで
むこうが見えないぐらい。

今年は。
伸びて茂っている
倒れて立ち枯れている。

更地

一面にねこじゃらし。
熱風に穂が光り
目の底が痛んだ。
今年はとんぼそうの群落。
黄が渦巻き揺れて
目まい。

ところで

ところで
変わったかしら
変わったでしょうねと
たずねられる。

変わった
変わらない
わからないと
つぶやく。

すこしも

すこしも
変わらない
そのまんま。
変わりようがないもんなあ。

すこし

すこし
変わった
すこしだけ。
変わらないことには。

今年の夏は

今年の夏は暑かった
そう口にして気づく。
今年も暑かったと言うたびに
あの年のあの夏の暑さが
年ごとにうすめられるようで。
くるしい。

更地のヒマワリ。

夏になると

去年落ちた種が芽ぶいて
つぎつぎと花をつけて
朝顔だらけ。

萩の花がこぼれて
むらさきしきぶの実も色づいて
彼岸には彼岸花。

このさき繰りかえし
繰りかえし立ち戻れ
あの年のあの日のあのおもい。

犬が

闇のなかで
犬が吠えている。
気づいたのかしら
いなくなったことに気づいたのかしら。

薄明りのなかで
犬がまだ吠えている。
戻ったのかしら
だれが戻ってきたのかしら。

あれから

目のなかを
絶えまなく。
燃えつづける
くすぶりつづける。

いつかの火と纏《もつ》れ
このさきのいつかの火と重なり。
目のなかを
火が流れる。

繰り返し

部屋に入ると
体が震えだす。
鍵をかけると
震えがとまらない。

閉じこめられた記憶が
やっと這い出したあとの恐怖が。
繰り返し繰り返し
繰り返し立ち返り。

いまも

でられなくなったひと。
なくなったひと。

ふるえていたひと。
ふるえるしかなかったひと。

いまもふるえているひと。
ふるえがとまらないひと。

震えている

人の顔した
花が揺れている。
人の形した
枝が揺れている。
風もないのに
揺れている。

日の影が動いて
風が出て。
人の影が
震えている。

光のいのち

水の声*が近く囁く。風のうた*が遠く舞い舞う。からだが揺れて。揺れて傾《かし》いで。繰り返しまた崩れてまた消えて。ひときれのひかりのなか。

火のかたち*があらわに透けて。木のねがい*がひそかにとどき。見えるものが見えないが。見えないものは見えるか。ひときれのひかりのなか。

日の影が移る。人の影が近づく。こころなしかこころが翳《かげ》る。それでもそれだから。いのちあれ。いのちあれ。ひときれのひかりのなか。

＊文中に四つの詩の題名が入っている。「風のうた」（本書92頁）、「火のかたち」（同74頁）、「木のねがい」（同126頁）。「水の声」は震災十日前の一月七日に神戸新聞に発表したもので「あとがき」（同287頁）に収録。

エゴノキの花。著者自宅、門の脇。

6 ことばの日々

夜の酒

そっと流しこむと
ゆるりとめぐる。
目を閉じると
ゆっくりと体が揺れて。

水のように渡り
火のように這い。
風のように宙に舞い

土のように激しく匂う。
生きているんだなあ
声が出そう
今にも歌い出しそう。
そっと手の平にのせる
今日一日の歓びと
わずかばかりの悔い。

そこで

むこうから歩いてくる
すこしずつ近づいてくる。
顔の表情も読めるようで
手を振って走り出しそう。
声あげて
ああ　やっと会えたんだ。

そこで姿が消える
なぜか　いなくなる。

いつのまにか

すぐとなりに立っている
立っているのがわかる。
見なくてもわかる
おたがいにわかる。
会えてよかった
そう言いたいのを押えて。

歩き出すと
いつのまにか　ひとり。

目が

目を閉じたら見えた
あの人の目が見えた。
目を開いても見えるかしら
あの人の灼けた目が。

いつまで

トンボ草の黄の揺れる
草地に立っている。
いつから
いつまで。

淡く濃いみどりの
木の下に立っている。
いつから
いつまで。

生きているということ

黒焦げの表皮が剝がれ落ちて木質部があらわになると残った表皮が盛り上がって木質部を覆ったが。それでも覆いようのない裂け目。それでも噴き出す葉叢《はむら》。傷をかかえて木は。

草のなかに人が立っている。風に吹かれている。日が移る。時がめぐる。滲むもの。広がるもの。溢れるもの。なみだの形。ほほえみの形。ことばの形。
記憶をかかえて人は。

更地があって

狭い路地に入ると
かならず更地があって。
草におおわれていて
草のむこうに崩れた壁の基部
草の下にはしっくいやタイルの跡。
片隅に積み上げられた割れた煉瓦の山
集められた板や棒や植木鉢や石。

近道をすると
かならず更地があって。
きちんと整地されていて
くっきりと金網で囲われていて
なにを待っているのか
ひとけなく放置される気配。
子どもの声がずっと遠くで。

振り切るように

眼を見ひらいて
立ちどまり。
なつかしげに
歩み寄り。

どうしてたの
どうしてる。
あのとき

あれから。

あふれるように話し
むさぼるように聞く。
それから
振り切るように歩き出す。

ずっと

川が光る
わずかに。
水が動く
ゆっくりと。

足もとが揺れる
ひっきりなしに。
橋の上に立っている

立って見ている。

雨が近い
水の浸みる気配。
胸が苦しい
ずっと。

あれは

眠る町を抱く
闇のかたまりの
なかほどで
燃えているのは。

燃える木のよう
焼ける毛物のよう
くすぶる人の

記憶のよう。
あれは
闇のなかほどから
今も届く
固い声。

ことばの日々

いつもそばにいて。いつまでもそばにいて。ふといなくなって。どこへ行ったのか。すぐあらわれて。凍ることば。凍る花。燃えることば。燃える花。

近づくほどに遠くなり。遠のくほどに近くなり。この不思議な生きもの。生きものの息。泣きだすことば。泣きだす木。ほほえむことば。ほほえむ木。

そのなかにここがある。この世界の哀しみ苦しみ怒り喜び。すべての生きものの生きるおもいがある。歌うことば。歌う水。夢みることば。夢みる水。

スイセン。著者自宅、門の脇。

7　ふしぎ

神戸　はじまりの歌

変わってしまったことがあって
変わらないことがあって。
あっというまにとか
いつのまにとか。
そのままずっと
いつまでもとか。

焦げた木がけんめいに

枝葉をのばしていた。
震えた木が力のかぎり
花芽をつけて揺れていた。
さわやかな葉叢《はむら》のさやぎ
眼にしみる花のかがやき。

あの日に生まれた子が
大きくなってすでに小学生。
小学生だった子が
今はもう大学生。
七年のこぼれる笑顔
二五五七日の溢れる願い。

あのとき亡くなった人は
いなくなったのではない。
あの人はわたしのなかで微笑《ほほえ》んでいる
わたしが忘れないかぎり。
あの人たちはわたしたちといっしょに生きていてくれる
わたしたちが生きているかぎり。

残らないものがあって
残りつづけるものがあって。
遠のき和らぐことはあっても
消えてなくなりはしない。
炎の記憶を胸に
熱い風の記憶を背に。

今はいのち
生きていることのよろこび。
今はことば
生きてあることのはじまり。
今こそ光るいのちと光ることば
重ねてはじまるはじまりの歌。

始める歌

はじまりはおわり。おわりははじまり。わたしたちには始まりも終わりもない。いのちは。ことばは。祈りは。願いは。始まりも終わりもなく。つづく。

終わらせなければならないのに終わらない。始めなければならないのに始まらない。わたしたちはいつも終わっている。いつも始めている。いつも。

風を見るがいい。見えない鳥を見るのがいい。いない人の眼を見るがいい。眼の前の人の眼に見入るがいい。わたしたちはすでに始めているのだ。すでに。

続ける歌

ゆっくり。なめるように。くりかえし。たんねんに。鳥たちの眼で。虫たちの眼でも。なによりも。人の眼差しで。うるんだ眼。灼けた心。わたしたちは。

つまずくように。ふりかえるように。見さだめるように。獣の言葉で。鯨の言葉でも。なによりも。人の語彙で。渇いた言葉。醒めた意味。わたしたちは。

裂けた耳。縮む舌。だから。風が吹く。日がさす。だから。伸びるおもい。消えないねがい。だから。続くいのち。続ける歌。いつまでも。わたしたちは。

終わらない歌

息を呑み。息を継ぎ。揺れる記憶。歪む形。耳の底に響くのは。風の音か。人の声か。眼の奥に甦るのは。梢の空か。足もとの白い花か。それとも。あれは。

地割れ土煙。火と炎と煙。焦げた木の根。焼けた石。それから雨が。歩いていって躓いて。立ちどまって立ち暗み。歩きだしてどうしよう。どうしようかと。

生きていたから。始まる歌。生きていたいから。続く歌。終わらせたくても終わらない。わたしたち生きているのだから。終わらないいのちの歌。わたしたちの歌。

生きのびる

新潟で夕方に震度7の地震があった日の午後
いつものように木を見に行って気がついた
むき出しの木質部がさらに広がっていた。
近づいてみると
焦げた樹皮の一部が浮いている。
触れると剝《は》げそうで
剝げ落ちて白い木質部が広がった。
——なぜ、今なのか。

九年前の一月の震度7の寒い朝に
燃えた街で焼けた木は
あれから黒焦げの樹皮を落として
木の芯をあらわにしたが。
焦げていないまわりの樹皮がふくらみ
盛り上がって木の芯を包みこんだ。
生きのびて立つ木。
——それがなぜ、今。

カルス【callus】
傷ついたとき受傷部分に盛り上がって生ずる癒傷組織。
ここで質問。
この九年間ずっとこの木は焦げた樹皮を落とし

カルスを生じてきたのでしょうか。
これからもこの焼けた木は焦げた樹皮を落とし
カルスを生じるのでしょうか。
——ほんのすこしでもいい、思ってください。

焦げた樹皮の池に落ちる乾いた音
滑らかな木の芯の発するつらいやさしい声。
火の記憶
焼けた土の記憶。
生きのびた木が
生きたいと立っている。
そのそばで生きのびた人が
生きたいと並んで立っているのだが。

なぜだか

眼の底に立つ木
木のそばに立つ人。
立ったままそのまま
焼けたまま。

黒焦げの棒になった木は
どんな枝をのばしたか。
棒になった人は

どんな声を出したか。

触れると振れる
剝落する樹皮の
ざらりとした記憶。
時間のしみ。

触ると障る
乾く唇の
ざわりとした意味。
時間のしわ。

手が熱くなる

指がぬれる。
なぜ
なぜだか。

ふしぎ

＊

葉が茂る
風に揺れる。
どうしてうれしくなるのだろう
それだけで。

アジサイ。著者自宅、玄関先。

花が

高い木に
白い花がいっぱい。
低い木に
赤い花がいっぱい。

門がある
庭がある。
家はない

人はいない。

高い木がある
低い木がある。
土から湧き出るように
溢れんばかりに花が。

木の根は

黒焦げの木の根は
どうしてるかなあ。
何度も見に行った。

黒焦げの木の根は
どこへ行ったのかなあ。
町が高くなった。

並木が

並んで燃えて。
軒なみ伐られて。
切り株からひこばえ。
うれしい萌黄色。
人が歩いてくる。
自転車が追い越していく。

エゴノキ二本

あの年の夏に
白い小さな花がいっぱい。
あの年の秋には
黒い実がいっぱい。

一本が枯れた。
なぜ。
もう一本は枯れることなく。

なぜ。
揺れて震えて。
消える枝。
揺れて震えて。
伸びる枝。

イチョウが三本

あの日
樹皮が焦げ。
炭化して剝げ落ち
木の芯があらわになった。

十年の時間が
さらに樹皮を剝ぎ。
黄の芯は色あせて

ざらついてきたが。
それでも
風が吹く。
春には
葉が茂る。

ふしぎ　＊＊

木を見る。
なぜか　かなしい。
なぜか　うれしい。

人を見る。
やはり　かなしい。
やはり　うれしい。

木が立っている。
人が歩いてくる。
とても　ふしぎ。

バラ。著者自宅、玄関先。

8 祈り

神戸　これからも

あのときなくなった人がいて
涙と声と苦痛。
あのあといなくなった人がいて
悲しみと願いと歌。
それでも生きのびて
それだから生きてきて。

すべてが変わったようで

すこしずつ遠ざかるようで。
それでも変わらない
いのちの喜び。
忘れず思い出し
忘れてもくりかえし思い出し。

あれから十年。
これから
生きていく。
これからも
わたしたち生きていく。

今ここにいるのは

風が吹いている　やわらかく。
日が照りはじめる　あたたかく。
木の花が揺れて　いい匂い。

わたしが今ここにいるのは　なぜ。
それはあなたが　ずっとまえからここにいるから。
いなくなっても　ずっとここにいるだろうから。

わたしが声を出して歌っているのは　なぜ。
それはあなたが　ずっとずっと歌っているから。
いなくなっても　ずっと歌っているだろうから。

風の隙間から　そっと覗くのは。
日の光のむこうに　立ちあらわれるのは。
木の花の重なるあたりを　跳び跳ねるのは。

それはあなた　あなたかも。
それとも　ひょっとして。
あれはわたし　わたしかも。

わたしたちは

そして　それから
わたしたちは　また出会えるのだろうか。
いつ　どこで　どのように出会い
どんなことを　話しあうのだろうか。

それとも　そのとき
目を合わさずに　擦れ違うのだろうか。
わたしたちは気づかずに　そのまま別々に

歩いていって　遠ざかってしまうのだろうか。

春の海あわあわ　風光る
夏の山ふかぶか　風薫る。
ひょっとして　わたしたち
ずっと別々だったのかと　思ったりして。

でも　ちがう
ずっといっしょだったし　いっしょだし。
いつでも　どこでも　いつまでも
わたしたちは　わたしたち。

あの人が立っている

どこで　あの人と別れたのだろう。
手を振って　うしろ向いて
目をつむって　駆け出して
そっと涙を拭って　あかんべして。

どこへ行けば　またあの人に会えるかしら。
電車乗りついで　バスに飛び乗って
やっと辿りついた　岬の先端

海のむこう　波の上を歩いていって。

どこからか　あの人の声が聞こえる。
波のむこうから　砂の丘を越えて
茨の茂みの奥から　梢の上から
歌うように　話しかけるように。

行かなくてもいい　探さなくてもいい。
目をつむると　あなたのすぐうしろに
目をあけると　わたしのすぐまえに
あの人が立っている　にっこり笑って。

朝の声

まだ眠っているのに
目を閉じているのに
ぼんやり見えている。
木の形したものが近づいてきて
幹のまわりが息づいて
枝のあたりが揺れはじめて。

土がゆっくりと盛り上がる

水がすこしずつ流れる
空気が震える。
見えない町の音
遠い人の気配
わたしの心が戻ってくる。

伸びる蔓《つる》
ふくらむ蕾
色づく花　開く花。
やっと生き始めるわたし
ためらいながら生き続けるわたし
朝の声にうながされて。

夜の声

夜になると見える。
いなくなった猫のミイ
見えなくなった乾いた川の流れ
見えないが見える焼けた木　焦げた木。

夜になると会える。
遠い見えない母
幼いままいなくなった妹

会ったことのない見知らぬ異土《いど》の人。

いつしか茂って町を覆う木々よ
生まれてきて走りまわる子どもたちよ。
夜になるとひとりだが
ひとりではない　ひとりではない。

声を出してみる　わたしの声だ
声が戻ってくる　わたしたちの声だ。
夜になると歌う
夜の声に合わせて　そっと。

祈り　一月十七日朝

ものの形が
うっすらと。
眠っているようで。

まだ暗い
近づく気配。
突然揺れ始める部屋
きしんで傾き落ちてくる天井の梁《はり》。

目が冴えて
遠のく気配。

起き上って息を継ぎ
生き継いで十二年。
平たい今日の始まりに
繰り返し繰り返されるいのちの記憶。
失われたいのちのために祈る
生きのびたわたしたちのために祈る。

やっと明るくなる
静寂。
いつものようにいつもの朝が。

揺れて震えて

となりの木々がそろって揺れている
むこうの木々がふぞろいに揺れている
光って揺れて光って震えている
ずっと向こうのさらに向こうに
見えないはずの木々が見えてくる
すべて揺れてすべて震えている

アサガオ。著者自宅、門の脇。

いのちの記憶

生きているかぎり
生きているから。
揺れて崩れて焼けて流れて
さまざまの記憶の渦のなかから戻ってくる記憶。

忘れることで生きていけると言う人もいるが
忘れないことで生きられるのだ。
たとえ忘れても忘れたわたしたちを生かすために

わたしたちの記憶は帰ってくる
いのちの細部のよみがえりとして。

川の流れが止まり
川の姿が掻き消えても。
河原の乾いた砂が目路のかぎり続いても
水は足もとから突然噴き出す。

なにげなく吹く風にも
なにごともなく流れる水にも
いつものように変わりなく生きるわたしたちにも
いのちの細部の記憶は刻まれている。

あっというまに

更地の片隅の
花時にはどっさり匂いの塊を降らせる木が。
伐られて倒された
あっというまに。

切られて切られて切り刻まれて
幹と枝と葉叢《はむら》とになった木が。
吊られて積まれて消えた

あっというまに。
掘り起こされて
残された木の根の塊が。
日を浴びて乾いて光る
明日はどこへ。

＊二〇〇九年一月、阪神大震災後十四年放置されていたわが家のすぐ下の更地にブルドーザーが入った。どうするか、どうなるか。

九階からの眺め

潮風を背に
海から電車がやって来る。
赤い橋を渡って
街から電車がやって来る。

すれちがって海へ
潮風に向かって遠ざかる。
すれちがって街へ

赤い橋渡って遠ざかる。

あの日は
液状化した体が宙に浮き。
あの夜は
孤立した心が闇に沈み。

海から街から足もとから
子どもたちの歌声が聞こえてくる。
——しあわせ運べるように
　ぼくたち　しあわせ運べるように

あれから　わたしたち

どれほどのしあわせ運べたか。
これから　わたしたち
どれほどのしあわせ運べるか。

窓ぎわに凭《よ》り
眼の下の人工島見渡すと。
重なる家々　揺れる木々
動かぬ船　光る海。

電車は遠ざかり
見えなくなる。
おおい　どこまで行くのか
おおい　いつ帰って来るのか。

＊九階＝神戸市ポートアイランドにある神戸市立中央市民病院の九階南病棟。
＊液状化＝一九九五年一月十七日阪神大震災のときポートアイランドは液状化に襲われ孤立した。「ポートライナーの高架下で約68センチ、神戸市立中央市民病院付近で35センチ沈下。場所によっては噴き出した水が40センチ以上もたまり、津波と間違えた住民もいた」（神戸新聞'95年1月30日）。
＊しあわせ運べるように＝阪神大震災直後に神戸市立吾妻小学校の音楽教諭臼井真さんが作詞作曲した鎮魂復興の歌。避難所や学校で、合同追悼式やルミナリエなどで広く歌われた。

芙蓉。著者自宅、門の脇。

9　あの日のように

歌ひとつ

裂ける
木の下で裂ける人。
燃える
木の下で燃える人。

裂ける
土のむこうで裂ける眼。
燃える

土のむこうで燃える眼。

あれから何年
今年で何年。
わたしたちは
今。

＊一九四五年六月五日　神戸大空襲。
一九九五年一月十七日　阪神・淡路大震災。
二〇一一年三月十一日　東日本大震災。

十年歌

なんだか遠くまで来たようで。立ちどまって振り返ると。土が砕け。木が燃え。花が裂け。心がこぼれて。そう。まるで花のよう心のよう。裂けてこぼれて。

見まわすと。あたりは見なれた光景。思いがけない。あいかわらずの。変わってしまって。変わりようのない。火と水と砂。ひりつくような鈍い痛み。しきりに。

思い定めて歩き出すと。行く手にあの人があらわれ。あの人たちもあらわれ。笑っている。

その横にはわたしも立って。手を振っている。

わたしに向かって。

＊阪神・淡路大震災から十年。

水仙花

十一年　十一年

蕾ふくらむ。風の気配。雪の気配。人の来る気配。遠く声が。近づく息。ゆっくりと近づいて。ゆっくり遠のき。あれは。つらい思い出。それとも。あれは。

花開く。白い花。黄の花芯。嘘みたい。こういうものだったのか。花とは。花のむこうに覗くのは。炎の記憶。人の記憶。あの日の記憶。それとも。あれは。
花が揺れる。木が揺れる。人が揺れる。人のおもいが揺れている。十一年。新しい出立のとき。これからも続く。わたしたちのいのち。わたしたちの願い。

*阪神・淡路大震災から十一年。

いのちの震え

十二年　十二年

空を飛びつづける鳥の　とどかぬ視線の　こぼれる歌の　舞う羽根の　不自由。山に立つ動かぬ樹の　めぐる樹液の　そよぐ嫩葉《わか》の　したたるひかりの　自由。

声あげて声高に叫ぶ人の　手をあげて手を振る人の　取り残された意味の　不自由。声つまらせてうつむく人の　突然泣き出す人の

握りしめた意思の　自由。

消えない記憶よ　傷つく言葉よ。生きている
から　生きる不自由。生きようとするから
生きる自由。わたしのこころが　揺れる。わ
たしたちのいのちが　震える。

＊阪神・淡路大震災から十二年。

いつも晴れ

十三年　十三年

一月十七日はいつも晴れ。更地の片隅に残っている柿の木の枝が拡げる時の網目。焼け残った庭石の脇からついと伸び出る水仙花。今年も。白い花被片《かひへん》のまんなかに黄色の副花冠。いのち眩しくふたつみつよつ。

人影まばらな広場を走ってくる子どもがいる。あの子は十三。十三年経ったのですねぇ。でも。あのときから走れない子がいる。あのときから歳をとらない子がいる。

十三年。十三年。わたしたちはなぜ生まれるのか。十三年。十三年。わたしたちはなぜ生きているのか。子どもが走り出す。あの子はいくつ、いくつなのかしら。

＊阪神・淡路大震災から十三年。

気づいている　十四年　十四年

足の下に埋まる木が見えるか。生き残って葉を茂らせて。葉を落としてまた葉を茂らせて。切り倒されて根株。アスファルトに覆われ。足の下に埋まる木でなくなった木が見えるか。

心の中で火が揺れる。忘れようとして忘れる。忘れまいとして忘れる。忘れて忘れて。忘れても気づく。繰り返し気づく。十四年。十四年。いつもいつも気づいている。いつも。

＊阪神・淡路大震災から十四年。

いのちあれ　十五年　十五年

真冬に草が萌えるように。真冬に花が咲くように。泳ぐ木と泳ぐ魚。飛ぶ石と飛ぶ鳥。走る空と走る子ども。立ちどまるあなたと立ちどまるわたし。

ここで　ここでしか。いつか　いつかは。しかし　だが。それでも　それだから。なんとか　やっと。

闇を抱くひかり。ひかりを抱くひかり。それは生きているということ。それは生きるということ。十五年　十五年。いのちあれ　いのちあれ。

＊阪神・淡路大震災から十五年。

ここまでは　十六年　十六年

こゝまでは、めやすきやうなれど、行末はいざしら浪の、空とひとしう見やらるゝかたをさして行くほどに、しほみちのいとくらく、休らふまもあらで舟に乗りいづ。

菅江真澄「蝦夷《えぞ》迺《の》天布利《てぶり》」

ここまでは、見なれているのだが、この先は知らないことばかり。知らないことも見なれたものに。見なれたものも知らないことに。もう一年、また一年、さらに一年。年重ね、重ねて生きて、さらに生きつぐ。

＊阪神・淡路大震災から十六年。

風が吹く　十七年　十七年

風が吹く。日ざしが揺れる　木が揺れる。いつも　いつものように。風が止む。日がかげる　草が起きる。いつも　いつものように。
あれから　ずっと　すこしずつ。これからもかしら　ずっとかしら　すこしずつかしら。変わることなく。

風が吹く　また。立ちどまって　手を挙げると。風が吹く　またも。歩きだして　おもわず声が。いつもとちがう　すこしちがうことにそっと気づいて。

＊阪神・淡路大震災から十七年。

記憶の目印　四篇

声

気仙沼　おなり穴＝神明崎五十鈴神社下の岩屋。

揺れて崩れて燃えて流れて
波とともに押し入ってきたもろもろ
家も車も船までも。
闇の奥から聞こえてくるのは。
せめぎあう水の声

水底を漂い歩く人の声。

岩の根

唐桑半島　折石＝明治二十九年三陸大津波で折れた柱状の岩。

折れて立つ岩が
ふたたび折れて
折れてそれでも。
それでも立っているかしら。
泡立つ波のあいだに
波の下から直に。

一本の木

陸前高田　高田松原＝長さ二キロの浜に七万本の松が続く名勝。

押し倒されて
引きちぎられて根こそぎ
なにもなくなった浜にそれでも。
それでも立っている。
人のねがいの一言のように
たったひとりで。

波のむこうに

広田半島　椿島＝太平洋岸の椿の自生地の北限。

風の日には波をかぶり
霧の日には姿を消し
凪の日にはぽっかりと。
岬の先に浮いていた島よ。
椿咲くあの小さな島は
今。

＊二〇一一年三月十一日　東日本大震災。

鳥が飛ぶ　二年　十八年

二年　十八年。さかのぼり。二年　十八年。
辿り返して。二年　十八年。抱きしめてきた
記憶があって。二年　十八年。さらに　この
先。この先　かならず。抱きかかえる記憶が
あって。わたしたちは。

春よ　来い。小声で。
はーるよ　こい。そっと。

あ　雪。雪が降る。
雪のなかを鳥が。

＊二年＝東日本大震災から二年。
十八年＝阪神・淡路大震災から十八年。

あの日のように　十九年　十九年

途切れることなく呼ぶ声。
途絶えることなく応える声。
いまはいないあなたの。
いまもここにいるわたしの。
重なり続くあなたたちの。
もつれて響くわたしたちの。

気がつけば。

風の声。
火の声。
水の声。
土の声。
遠く近く　あの日のように。

＊阪神・淡路大震災から十九年。

あれは

二十年　二十年

十年一昔《ひとむかし》と言うから、二十年なら二昔《ふたむかし》か。十年経てばすっかり変わってしまって、二十年だとそれはもうなにもかも。でもね。十年一日《いちじつ》とも言うよね。十年経っても、二十年経っても、変わらないものは変わらない。

あのとき、いなくなったあの人の淡いほほえみ、秘めた願い。あれから時が流れて、うすれて消えて。でもね。影が見える、人の影が。
街を見下ろす山の上に、今も。街を見詰めて、
ずっと。

あれはあなた、あなたがた。あれはわたし、
わたしたち。失われない記憶の印。とだえな
いいのちの繫《つな》がり。わたしたちのなかで生き
つづけるあなたがた。あなたがたとともに生
きつづけるわたしたち。

＊阪神・淡路大震災から二十年。

満開のハクモクレン。著者自宅、庭。

10

いのちあれ　いのち輝け

いのちあれ　いのち輝け

鎮魂のチェロ・コンサートのための組詩

序詩　これは

これはいつかあったこと。
これはいつかあること。
だからよく記憶すること。
だから繰り返し記憶すること。

このさき
わたしたちが生きのびるために。

1　あの日

揺れて震えて。
折れて傾《かし》いで。
割れて軋《きし》んで。
裂けて倒れて。
落ちて砕けて。
燃えて崩れて。
焦げて燻《くすぶ》り。
すべて露《あらわ》に。

こはいかなる事にや
世は泥《こひじ》の海とやならん

今も揺れて震えて。
今も揺れて震えて。

2　あの人

目を閉じたら見えた
あの人が見えた。

トンボ草の黄色の揺れる

草地に座っているあの人が。
淡く濃いみどりの
木の下に立っているあの人が。
目を開いても見えるかしら
あの人の灼けた目が。

3　祈り

いっしょにいたひとのために。
いなくなったひとのために。
よく知っているひとのために。
よく知らないひとのためにも。

落ちる鳥のために。
悲しむ犬のために。
燃える木のために。
しおれる花のためにも。

手をあげるひとのために。
声をあげるひとのために。
歩きだすひとのために。
話しはじめるひとのためにも。

飛ぶ鳥のために。
笑う犬のために。
芽ぶく木のために。
開く花のためにも。

遠くのひとのために祈る。
目のまえのひとのために祈る。

4　春よ　めぐれ

もうすぐ春が。
溢れる水よ　歌う魚よ。
零《こぼ》れる花よ　揺れる木よ。
移る日ざしよ　光る風よ。

生きていることのうれしさ
生きつづけるわたしたち。
愛することのよろこび。
愛しつづけるわたしたち。

もうすぐ春が。
生まれることば　めぐることば。
痛むことば　悲しむことば。
癒やすことば　祈ることば。

生きていることのうれしさ。
生きつづけるわたしたち。
愛することのよろこび。
愛しつづけるわたしたち。

もうすぐ春が。
あのひとの目が　このひとの顔が。
あのひとの声が　このひとの微笑《ほほえ》みが。

あのひとの夢が　このひとの願いが。

春よ　めぐれ。
それでも　それだから。
忘れない　これからも。
はじまったばかり　これから。

春よ　めぐれ。
ひとのいのち　いのちのしずく。
いのちあれ　いのちの輝け。
いのちあれ　いのち輝け。

＊「序詩」は本書所収の「これは」（本書112頁）。「1　あの日」は書き下し。「こは

いかなる事にや／世は泥《こひじ》の海とならん」は菅江真澄「男鹿の寒風」から。「2　あの人」は本書収録の「目が」と「いつまで」（172頁と173頁）を合成。「3　祈り」は書き下し、「風のうた」（本書92頁）の別バージョン。「4　春よ　めぐれ」は震災後に書いた詩から言葉を集めた。

＊＊この組詩は神戸国際会館こくさいホールでの「阪神・淡路大震災復興5周年　鎮魂のチェロ・コンサート」のフィナーレのために書き下し、チェロと合唱のための組曲として中村健が作曲、二〇〇〇年一月二十一日初演された。指揮は中村健。五十人のチェロ・アンサンブルと林俊昭（チェロ・アンサンブル・コンサートマスター）。神戸市混声合唱団と吉田早夜華（ソプラノ）。主催は読売新聞大阪本社、読売テレビ。後援は兵庫県、神戸市を含む被災二十市町。入場者数は千五百四十八人。

*

あとがき

一九九五年一月十七日の阪神・淡路大震災から二十年経つ。その間、震災の詩を書き続けてきた。震災後の四年間に書いた詩を詩集『生きているということ』に収めた。つづく十一年間の詩を詩集『ひかりの抱擁』に収めた。その後現在までの五年間の詩を詩集『記憶の目印』に収めた。そのなかから百三十篇を択びまとめたのがこの文庫判詩集『春よ　めぐれ』である。なお、「あれは　二十年　二十年」（270頁）は書き下ろし。

震災の年の一月七日に詩「水の声」を神戸新聞に発表した。その十日後の一月十七日に私たちの街神戸は揺れて崩れて燃えた。火が迫り風が起き水が絶たれ人が焼け木が焦げた棒となった。今にして思えば、「水の声」は予感の詩であったのだ。

水の声

わたしは水かしら。枝を伝う水。木の幹のなかを流れる水。丈高い草を倒す水。花の形した魂のかけらを包みこむ水。わたしは水。

あなたは水かしら。落ちる鳥の口のなかの水。倒れた毛物の開いた目の底の水。砂を内部から砕く水。空を渡っていく水。あなたは水。

わたしたちは水かしら。水のなかにいる水。水に歌われる水。怒りの悲しみの痛みの水。癒しのひかりの泡の水。わたしたちは水。

詩集『生きているということ』の「あとがき」に記した言葉をここに重ねて記

しておこう。

「亡くなった人たちの記憶のために、生き残ったわたしたちの記憶のために、死者とともにわたしたち生者がともによく生きるために、この詩集のすべてのことばはある」。

二十年経った今もこの思いは変わらない。春よめぐれ。この祈りがより多くの読者の方々に届くことを願う。

二〇一四年十二月

安水稔和

1995年１月17日５時46分。瓦礫のなかの柱時計。

安水稔和（やすみず・としかず）

詩人。一九三一年、兵庫県神戸市生まれ。

一九五四年、神戸大学文学部英米文学科卒業。

松蔭女子学院中学・高校教員を経て、二〇〇五年まで神戸松蔭女子学院大学教授。

一九四五年六月五日、神戸大空襲、神戸市須磨区で被災、十三歳。

五十年後の一九九五年一月十七日、阪神・淡路大震災、神戸市長田区で被災、六十三歳。一九九七年、震災を契機に発足した兵庫県現代詩協会の初代会長に就任、以後三期務める。

詩集に『存在のための歌』『愛について』『鳥』『能登』（半どんの会芸術賞）『花祭』『西馬音内《にしもない》』『記憶めくり』（地球賞）『秋山抄《あきやましょう》』（丸山豊記念現代詩賞）『生きているということ』（晩翠賞）『椿崎や見なんとて』（詩歌文学館賞）『蟹場《がにば》まで』（藤村記念歴程賞）『ひかりの

抱擁』『記憶の目印』など二十三冊。

震災詩文集『神戸　これから―激震地の詩人の一年』『焼野の草びら―神戸　今も』『届く言葉―神戸　これはわたしたちみんなのこと』『十年歌―神戸　これから』の四冊。

詩人論『竹中郁　詩人さんの声』など四冊、菅江真澄論『歌の行方―菅江真澄追跡』など四冊、ラジオのための作品集『ニッポニア・ニッポン』など五冊、舞台のための作品集『紫式部なんか怖くない』、旅行記『幻視の旅』など二冊、合唱曲など多数。合唱組曲「京都」で芸術祭奨励賞、ラジオドラマ「旅に病んで」で芸術祭優秀賞、交響詩劇「木と水への記憶」で文化庁芸術作品賞。他に井植文化賞、神戸市文化賞、兵庫県文化賞、神戸新聞平和賞など。

春《はる》よ　めぐれ
二〇一五年一月十七日発行

著　者　安水稔和
発行者　涸沢純平
発行所　株式会社編集工房ノア
〒五三一―〇〇七一
大阪市北区中津三―一七―五
電話〇六（六三七三）三六四一
FAX〇六（六三七三）三六四二
振替〇〇九四〇―七―三〇六四五七
組版　株式会社四国写研
印刷製本　亜細亜印刷株式会社

ISBN978-4-89271-225-8

表示は本体価格

生きているということ　安水稔和

第40回土井晩翠賞受賞　時の網目のむこうでいのちの細部が揺れている。それだから、いのちあれ。ひときれのひかりのなか。震災詩集。（品切）二四〇〇円

ひかりの抱擁　安水稔和

亡くなった人たちの記憶のために、生き残ったわたしたちの記憶のために、死者とともにわたしたち生者がともによく生きるために……。二五〇〇円

記憶の目印　安水稔和

抱きしめてきた記憶があって。あれから何年。わたしたちは今。いつもとちがうすこしちがうことに気づいて。これは生きていくための詩集。二五〇〇円

焼野の草びら　安水稔和

神戸　今も―よく記憶すること、繰り返し記憶すること、たくさんのいのちの記憶。激震地長田で書く詩人の3年。詩・散文・講演録。二五〇〇円

届く言葉　安水稔和

神戸　これはわたしたちみんなのこと―語ること、語られることによって、ことばの橋を渡り、記憶を未来に繋ぐ。震災後6年の記録。四〇〇〇円

十年歌　安水稔和

神戸　これからも―遠のき和らぐことはあっても、消えてなくなりはしない。十年経っても二十年経ってもくりかえし伝える。詩人の10年。四五〇〇円

小野十三郎　歌とは逆に歌　安水稔和

短歌的抒情の否定とは何か。詩の歴史を変えた不世出の詩人・小野十三郎の詩と詩論。『垂直旅行』までを読み解き、親しむ。小野詩の新生。　二六〇〇円

竹中郁　詩人さんの声　安水稔和

生の詩人、光の詩人、機智のモダニズム詩人、児童詩誌「きりん」を育てた人。まっすぐにことばがとどく、神戸の詩人さん生誕百年の声。　二五〇〇円

内海信之　花と反戦の詩人　安水稔和

内海は日露戦争当時、播州の片田舎にあって非戦反戦の詩を書いた。花を歌い、いのちをいとおしむ詩人の詩と生涯を記憶する初の詩伝。　三八〇〇円

杉山平一　青をめざして　安水稔和

詩誌「四季」から七十余年、時代の激流に動ずることなく詩心を貫き、近代詩を現代詩に繋ぐ。『夜学生』の詩人の詩と生きるかたち。　二三〇〇円

希望　杉山平一

第30回現代詩人賞受賞　もうおそい　ということは人生にはないのだ　日常の中の、命の光、人と詩の「希望」。九十七歳詩集。　一八〇〇円

詩と生きるかたち　杉山平一

いのちのリズムとして詩は生まれる。詩と真実を語る。大阪の詩人・作家たち、三好達治の詩と人柄。花森安治を語る。丸山薫その人と詩他。　二二〇〇円

ノア詩文庫　既刊

希望よ　あなたに

塔　和子　詩選集

吉永小百合

ハンセン病という過酷な人生の中から生まれた詩は、人間の本質を深く見つめ、表現されたものばかりで、読んでいて心が震えました。一人でも多くの人に、塔さんの詩を読んでほしいと思います。

大岡　信

この詩集の作者は、自分の感受性のうち震える尖端を、内視鏡のように敏感に操りながら、自分の本質から湧き出てくる言葉をくり返し追求し、書きしるし続ける。生きている瞬間々々の貴重な「生」の実感。身のまわりの小さな生活空間以外にほとんど出たこともないこの詩人の詩が、生きることの貴重さ、よろこび、その一期一会の感動を伝える。

全詩集からの選集六十篇　本体九〇〇円＋税